VENTE

Par suite du départ de M. X...

LE JEUDI 16 MAI 1895
HOTEL DROUOT, SALLE N° 11

A 2 HEURES

BEAU

MOBILIER ARTISTIQUE

Tapisseries-Tentures

OBJETS D'ART & DE CURIOSITÉ

DES

XVᶜ, XVIᶜ, XVIIᶜ & XVIIIᶜ Siècles

Mᶜ Georges DUCHESNE
Commissaire-Priseur
6, Rue de Hanovre, 6

M. A. BLOCHE
Expert
28, Rue de Châteaudun, 28

EXPOSITION PUBLIQUE

LE MERCREDI 15 MAI 1895, DE 2 H. A 6 H.

IMPRIMERIE ARTISTIQUE

E. MÉNARD & Cie

Bureaux et Ateliers: PARIS — 8, RUE MILTON

CATALOGUE

D'UN BEAU

Mobilier Artistique

Lit à colonnes Renaissance

Coffres, Meubles à deux corps, Tables, Nombreux Sièges, Colonnes

SUITE DE TAPISSERIES — TENTURES

SCULPTURES SUR MARBRE & SUR BOIS

TABLEAUX — CURIOSITÉS

FAIENCES ITALIENNES ET AUTRES

BRONZES — CUIVRES

Des XVe, XVIe, XVIIe & XVIIIe Siècles

DONT LA VENTE AURA LIEU

Par suite du départ de M. X...

HOTEL DROUOT, SALLE N° 11

Le Jeudi 16 Mai 1895

A 2 HEURES

Me Georges **DUCHESNE**	**M. A. BLOCHE**
Commissaire-Priseur	*Expert*
6, Rue de Hanovre, 6	28, Rue de Châteaudun, 28

EXPOSITION PUBLIQUE

LE MERCREDI 15 MAI 1895, de 2 heures à 6 heures

CONDITIONS DE LA VENTE

La vente sera faite *expressément* au comptant.

Les acquéreurs payeront en sus des adjudications *cinq pour cent.*

L'exposition mettant le public à même de se rendre compte de l'état des objets, il ne sera admis aucune réclamation une fois l'adjudication prononcée.

Paris. — Imp. E. Ménard & Cie, 8, rue Milton.

MOBILIER

ɪ — Beau lit Renaissance à colonnes en bois sculpté, le fond à fronton armorié offrant en bas-relief au-dessous un écusson avec figures d'enfants tenant des fleurs lobées et posant sur des oiseaux fantastiques ; de chaque côté se dessinent de grandes arabesques feuillagées. Les montants à cariatides sur gaîne drapée. Le tour est orné d'arabesques, de figures d'enfants et d'oiseaux. Ce lit est accompagné de sa garniture en velours de Gênes fond jaune d'or dessin rouge à arabesques de fleurs et feuillages garni de franges, l'intérieur du plafond et des bandes sont en velours rouge assorti.

2 — Meuble à deux corps en noyer sculpté ouvrant à quatre portes et à quatre tiroirs, dessin à moulures saillantes avec masque aux extrémités, frise feuillagée au fronton, couronnement architectural avec niche renfermant une statuette de la Vierge en albâtre. Époque XVIᵉ siècle.

3 — Cheminée gaînée en panne bleue avec applications de galons anciens, flanquée aux angles de cariatides de femmes en bois sculpté du temps de la Renaissance. Le trumeau avec portrait de Léonora de Tolède de l'école du Bronzino.

4 — Miroir bizeauté avec cadre en bois sculpté partie fond noir partie dorée. Époque XVIIᵉ siècle.

5 — Table rectangulaire en noyer avec traverse d'entre-jambe, ouvrant à un tiroir, XVIIᵉ siècle.

6 — Deux vitraux de croisée avec médaillons anciens, tête de sainte et de guerrier.

7-8 — Deux petites tables carrées recouvertes en peluche grenat garni de galons anciens dorés.

9 — Petit paravent diptyque en brocart ton écru dessin mordoré gaîné de peluche violette garni de franges.

10 — Cheminée gaînée de velours grenat avec bandeau de la Renaissance offrant en applications de drap d'or serti de fils verts métalliques un écusson accosté de deux griffons, avec arabesques et cornes d'abondance de chaque côté. Le trumeau est orné d'un portrait de femme en riche costume, parée de joyaux, école du Bronzino ; en haut à droite un écusson en broderie.

11 — Deux vitraux du xvie siècle à personnages prélats et leur suite aux environs de cathédrales.

12 — Deux vitraux anciens représentant l'Assomption de la Vierge et un martyr.

13 — Canapé à dossier rectangulaire couvert en brocatelle rose, dessin jaune avec bandeaux et

gainage en panne rouge garni de franges et
passementeries à grilles assorties, partie époque xvie siècle.

14 — Fauteuil en bois, devant sculpté à cariatide
de chérubin, fleurs et feuillages, couvert en
anciens velours de Gênes, petit dessin croisé
rouge sur fond d'or, garni de franges à grilles
xvie siècle.

15 — Fauteuil analogue couvert en ancien velours de Gênes, petit dessin vert sur fond d'or.

16 — Fauteuil analogue couvert en ancien velours
de Gênes, petit dessin violet sur fond d'or.

17 — Fauteuil forme X, bois clouté de rosaces et
mascarons en cuivre, dossier et coussin en ancien velours vénitien dessin rouge sur fond
d'or.

18 — Fauteuil forme X couvert d'ancien velours
de Gênes, petit dessin rouge sur fond d'or
garni de franges.

19 — Fauteuil bois sculpté couvert en ancien velours de Scutari fond gris argent, dessin rouge, garni de gros clous de cuivre, xvie siècle.

20 — Table à jeu en marqueterie hollandaise dessin scène flamande cartes et dominos, xviie siècle.

21 — Beau coffre en noyer sculpté, la façade offrant en bas-relief les accordailles et le mariage d'un roi et d'une reine, composition de plusieurs figures, montants à écusson et ornements, portant la date 1547. Le dessus à semis de croix dans des losanges. Époque xvie siècle.

22 — Table en noyer à pieds tors. Époque Louis XIII.

23 — Petit paravent à trois feuilles en velours de Gênes, desiin grenat et fond d'or garni de franges à grilles.

24 — Tabouret en bois tourné couvert en velours ancien et rayé rouge fond d'or, garni de franges et galons. Époque Louis XIII.

25 — Meuble à deux corps s'ouvrant à quatre portes et deux tiroirs en noyer sculpté orné de mascarons, montants à doubles colonettes, xvie siècle.

26 — Meuble à deux corps en noyer sculpté s'ouvrant à quatre portes et deux tiroirs avec frise et montants à arabesques et têtes de chérubins, xvie siècle.

27 — Grande table en noyer dessus à rallonges, piètement et entre-jambe à colonnes, style xvie siècle.

28 — Deux vitraux de croisées représentant des personnages avec des banderolles à inscriptions, xvie siècle.

29-32 — Huit chaises en noyer sculpté couvertes les unes en anciens velours de Gênes, les autres en brocatelle ou en damas garnis de franges à grilles, xvie siècle (pourra être divisé).

33 — Cheminée gaînée en reps rouge garni de franges à grilles avec écusson de cardinal sur le devant, trumeau orné d'un portrait présumé du sénateur Ben Tivoglio (attribué à Palma).

34 — Devant de coffre en bois sculpté dessin à arabesques et armoirie, xvɪᵉ siècle.

35 — Paravent diptyque en soierie bleue brochée à semis de fleurs, garni de franges, xvɪᵉ siècle.

36 — Table en noyer à pieds tors. Époque Louis XIII.

37 — Deux chaises en bois sculpté.

38 — Table à pieds tors en noyer du temps de Louis XIII.

39 — Commode en noyer sculpté garni de cuivres. Époque Louis XV.

40 — Table à pieds tors. Époque Louis XIII.

41 — Sept chaises anciennes en noyer couvertes de tapisserie au point à fleurs et garnies de franges à grilles.

42 — Grand meuble à deux corps fermant à portes pleines dans le haut et à tiroirs dans le bas en bois sculpté. Travail flamand de l'époque Louis XIII.

43 — Armoire ancienne d'entre-deux ouvrant à deux portes en chêne.

44 — Deux fauteuils couverts en brocatelle vieux rose, dessin jaune, gaîné de panne bleue.

45 — Secrétaire en bois laqué blanc forme Louis XV.

46 — Commode analogue.

47 — Armoire d'entre-deux en bois sculpté. Époque Louis XIV.

48-49 — Deux colonnes torses peintes en blanc enguirlandées de feuillages et de fruits rehaussés d'or. Époque Louis XIII.

50 — Console en bois sculpté à têtes de chérubins.

51 — Deux fauteuils du xvie siècle, devant bois sculpté, couvert en cuir brun et clouté.

52 — Jolie commode forme ventrue en bois de rose et palissandre, garni de bronzes, rocailles et têtes de folies, dessus marbre rouge veiné. Époque Régence.

53 — Jardinière en bronze supportée par trois cariatides de jeunes faunes, style antique.

54 — Paravent à six feuilles peintes à fleurs et perroquets, xviiie siècle.

OBJETS D'ART

55 — Demi-armure en fer gravé, travail partie du xvie siècle.

56 — Dessus de bouclier en cuir repoussé et gravé représentant des scènes de combat, xvie siècle.

57 — Paire de candélabres à deux branches en cuivre gravé, xvie siècle.

58 — Deux torehères d'église en cuivre, bases triangulaires à têtes de chérubins. Époque Louis XIII.

59 — Deux autres moins grandes de même époque.

60 — Pendule en cuivre à quatre faces forme architecturale, xvɪᵉ siècle, sur socle en velours rouge.

61 — Paire de petits flambeaux en cuivre Louis XIII.

62 — Petit tric-trac du temps de Louis XIII en marqueterie de bois noir et palissandre.

63 — Paire de chenêts en fer et cuivre xvɪᵉ siècle.

64 — Pelle et pincettes de même style.

65 — Soufflet en bois, velours rouge et clouté. Style xvɪᵉ siècle.

66 — Petit bas-relief en albâtre rehaussé d'or xvɪᵉ siècle, cadre noir et or.

67 — Haut relief représentant le Christ au jardin des Oliviers. Fin du xvᵉ siècle.

68-69 — Deux petits miroirs biseautés avec cadres en bois doré, xvɪɪɪᵉ siècle.

70 — Deux petits panneaux en bois sculpté, personnages sous des arceaux, xvi° siècle.

71 — Statuette de roi debout, en bois sculpté, xvi° siècle.

72 — Deux figures d'appliques en bois sculpté et peint rehaussé de dorure, xvi° siècle.

73 — Deux cariatides de personnages en bois sculpté, xv° siècle.

74 — Deux petits écussons en bois sculpté.

75 — Tête de chérubin en bois sculpté. Louis XIII.

76 — Deux médaillons en marbres, têtes de personnages, travail ancien.

77 — Buste de femme: Impératrice romaine, Marbre, xvi° siècle.

78 — Buste d'empereur romain, Marbre, xvi° siècle.

79 — Statuette d'évêque en bois sculpté, xvie siècle.

80 — Statuette d'apôtre en bois sculpté, xvie siècle.

81 — Vase cylindrique en faïence d'Urbino à fleurs et inscriptions, xvie siècle.

82 — Aiguière de pharmacie en faïence d'Urbino à armoirie et inscription, xvie siècle.

83 — Écritoire de forme octogonale en faïence d'Urbino, décoré de lions et d'une armoirie, xviie siècle.

84 — Vase cylindrique en faïence de Castel Durante, décoré d'un médaillon à buste de femme xvie siècle.

85-100 — Environ vingt pièces en faïence et porcelaine d'Urbino, Strasbourg, Delft et Chine, vases, écritoires, plats, assiettes, saucières. (Sera divisé.)

101-102 — Deux paires d'éperons en fer découpé
et repercé à jour.

103 — Deux clefs anciennes en fer.

104 — Poudrière en os gravé à personnages,
xviiie siècle.

105-120 — Environ vingt pièces d'objets variés
tels que bonbonnières, miniatures, flacons,
aiguière, etc. (Sera divisé.)

121 — Cuvette et pot à eau en métal argenté.

122-125 — Trente gravures et dessins rehaussés de
couleur, xviiie siècle. (Seront divisés.)

126-128 — Trois trumeaux ornés de toile de Jouy
et de peinture.

TABLEAUX

129 — BLANCHARD. *Paysage*. (Signé.)

130-131 — ÉCOLE ANCIENNE. *Portraits d'homme et de femme*. Deux pendants.

132 — ÉCOLE ANCIENNE. *Portrait de petite fille*.

133 — ÉCOLE MODERNE. *Sur la route*.

134 — ÉCOLE VÉNITIENNE. *Le jugement de Paris*.

TAPISSERIES, TENTURES

135 — Jolie décoration de salon composée de cinq panneaux de tapisserie du XVIe siècle, représentant des scènes champêtres et des parties de chasse dans lesquelles figurent quantité de personnages en costume de l'époque, gentils-hommes et grandes dames causant galamment aux accords de la mandoline et de la contre-basse, d'autres se promenant suivis de leurs pages ou montés sur de fringants coursiers précédés de leurs meutes et de leurs piqueurs, forçant le cerf à travers des parcs accidentés, avec châteaux en perspective. Ces tapisseries sont encadrées de velours grenat.

136 — Six paires de rideaux et portières en velours grenat.

137 — Quatre jolis bandeaux dont deux très grands en tapisserie du xvie siècle représentant des médaillons à petits personnages, avec cartouches à mascarons, des enfants et des bouquets de fleurs.

138 — Deux pentes et un bandeau en tapisserie de la Renaissance à petits personnages, paysages et fruits.

139 — Lambrequin fond drap d'argent avec applications de velours, dessin serti de fils d'argent garni de franges xvie sièele.

140 — Couvre-lit en soierie fond rouge dessin jaune d'or xvie siècle.

141 — Trois paires de rideaux et portières avec lambrequins, garni de galons anciens doublés et molletonnés. Style xvie siècle.

142 — Tentures de lit et de croisée en toile imprimée de la manufacture d'Oberkampf.

143 — Bandeaux en étoffe rouge ornés de tapisserie ancienne.

144-150 — Divers lots d'étoffes anciennes tels que tapis, rideaux, etc. Seront divisés.

151 — Objets omis.